KB230956

몇차례 바람 속에서도
우리는 무사하였다

몇차례 바람 속에서도
우리는 무사하였다

천양희 시집

창비

차
례

제 1 부

딱 한줄

「일혼살의 인터뷰」라는 시를 발표한 뒤
한 독자가 물었다

그 시에서
행복을 알고도 가지지 못할 때
운다고 썼는데

「여든살의 인터뷰」를 쓴다면
어느 때 웃는다고 쓰겠느냐고

나의 대답은
딱 한줄

'가진 것이 시밖에 없을 때 웃는다'

하나의 사람과 예순한편의 슬픔

한 시인이
슬픔은 어깨로 운다고 합니다
한 시인이
슬픔은 모서리가 닳아 둥글어졌다고 합니다
한 시인이
오래된 슬픔은 향기를 품고 있다고 합니다
한 시인이
슬픔을 팔아서 자그만 꽃밭을 사야겠다고 합니다
한 시인이
슬픔에게 날개를 달아주고 싶다고 합니다
한 시인이
어떤 슬픔은 함께할 수 없다고 합니다
한 시인이
슬픔이 택배로 왔다고 합니다

어디서 왔는지 나이 먹은 슬픔이
오늘은 어머니가 보고 싶다고 합니다

삼분간

노래 한 소절이 끝날 때까지
구름과 바람과 물결이 지나갈 때까지
삼분간
소리는 짧으나 여운은 길어

사슴 한마리가
또각또각 뛰어오는 것 같고
눈사람 하나가
하얗게 서 있는 것 같아

아, 사슴
아, 눈사람 할 때마다
사슴을 가슴으로 잘못 읽었다가
눈사람이 사람이었으면 좋겠다고 생각하다가

잠시 눈을 감은 사이

끝끝내 사슴은 가슴이 아니어서
눈사람은 끝끝내 사람이 아니어서

끝내 너는 너여서

끝 모를 간절함밖에 남은 것이 없는
삼분간

다시 올 웃음에게

잘 웃지 못하는 내 웃음이
잘 웃는 네 웃음을 만나
비로소 웃기 시작했다

너의 첫 웃음을 보면서
새벽에 첫닭이 울듯
꼬기오 —— 웃었다

아마도 너는 하루에
사백번이나 넘게 웃을 것인데
나는 겨우
열번을 웃기도 힘들다

웃기 전에
나는 사람이 힘든 사람이었고
우두커니 서 있는 그림자였다

너는 웃음으로
내 울음을 지불하고

학습 없이 웃음보를 가지게 했다

아무리 성나는 일이 있어도
네 웃음을 피할 생각은 없다
웃으면서 화내는 방법을
네 웃음으로 배워야겠다

웃음에 길을 트면
사방이 웃음 천지

나를 웃게 한 웃음이
저기 앞에 간다

네가 웃는 것으로
이 세상 울음이 끝났으면 좋겠다

수상한 시절

바람이 없는데도
지진 맞은 듯 흔들린다
꽃을 보던 마음이
다른 길을 옮긴다

길 건너 공원에는 안개가
최루탄 연기처럼 자욱하다
"오리무중이야 앞이 보이지 않아"
더듬거리며 연인들이
안개 속으로 스며든다

설레야 할 심장이 마스크를 썼다
감동 없는 날을 베고 싶은 시간이다

신이 코로나를 이용해
천국 한가운데 지옥을 숨겨놓았다
오늘은 가까스로
입속에 말이 적어져야겠다

“눈앞에서 길을 잃을 때
뒤를 돌아보아야 하는 거야” 여자가 말한다
“어둠보다 더 두려운 건 권태인 거야” 남자가 말한다

두 사람의 쓴소리가 가까워진다
쐐기풀에 베인 듯 살갗이 따갑다

쓴소리하는 그들을 보다가
나도 한때 쓴소리꾼이었지 중얼거린다
중얼거리다 세월 다 보낸 건 아닐까

우두커니 서서
환한 거리를 내려다본다

저것이 일상일까
우리에게도 일상이 있었나

수상한 시절이 계속된다

기린 예찬

나는 기린을 좋아하지요
목이 긴 기린은 신비하지요
심장이 가장 크고
가장 강한 짐승이 기린이지요

긴 목을 들어
높은 가지 위의 잎을 따 먹을 때
얼마나 돌올하게 신기한지요

기린은
아카시아나무가 많이 나는 곳을 좋아하고
나는
멀리 볼 수 있는 기린을 좋아하지요

별 모양과 잎사귀 모양의 반점이 있는
기린을 보러
잠비아로 가야겠지요
지나가는 바람에도 미소 짓는 기린에게로

나는 목이 긴 기린을 좋아하고
기린은 먼 나라에 있지요

새와 종소리

가슴으로 울어
목이 쉬지 않는 새와
짧게 울려도
여운이 긴 종소리가
줄이 하나밖에 없는 악기 같지요

소리이기만 하면 되는
새소리와 종소리
그것으로 충분한데

어쩌면 그 악기는
충분하게 우는 것인지도
모른다는 생각을 하게 되지요

종소리 하나를 아는 것이
다른 소리 백번 듣는 것보다
낫다는 생각도 들게 하지요

새의 가벼운 몸짓을

배우는 것이
몸만 있어 무거운
나에게는 큰 공부이지요

어두운 구름에서 나온 번개같이
거침없이 나아가는 소리는
그 속에 초인을 숨기고 있는 것일까요

소리가 날 무렵
저 소리 좀 들어보세요
저것이 우주의 율동이 아닐까요
자연의 몸짓이고 숨결 아닐까요

나는 저럴 때
새소리 종소리도
하나의 가치라는 믿음이 생기지요

그 소리는 이따금
허공을 두려워할 줄 알아야 한다고

귀띔하지요

세상이 시끄러우면
우는듯 노래하는 새와
영혼을 건드리는 종소리의 마음으로

하루에도 백년을
살아버리고 싶지요

울리는 종은
당신을 위해서도 울 테니까요

뒤척이다

허공을 향해
몸을 던지는 거미처럼
쓰러진 고목 위에 앉아
지저귀는 붉은가슴울새처럼
울부짖음으로 위험을
경고하는 울음원숭이처럼
바람 불 때마다 으악
소리를 내는 으악새처럼
불에 타면서 꽝꽝
소리를 내는 꽝꽝나무처럼

남은 할 말이 있기라도 한 듯
나는 평생을
천천히 서둘렀다

바람역

기차 지나간다 바람처럼
바람 지나간다 기차처럼
덜컹거리며 지나간 것이
바람뿐일까 기차뿐일까

아니지! 아니지! 하면서
늦은 하루가 지나가고
왜? 왜? 왜? 하면서
물음표 같은 세월이 지나간다

덜컹거리며 가다가
정거장에 덜컹 박히는 기차

기차는 이따금
굴뚝새처럼 길게 운다

멈추고 싶은 바람이 있어
끝도 없이 지나가는 기차들

그러나
바람역에 종점은 없다

비를 보는 죄

빗방울이 발끝까지 적실 때
비 비 비 하면서 비비새처럼
나는 조바심을 친다

조바심쳐도 오는 비는 고칠 수 없고
만약이란 뜻밖의 약도 있다는 걸 알고는 있으나
나도 모르는 내 고질병을 그가 안다고 한다

젖은 채로 일생을 보낸 비의 목소리다

어제는
비의 기척이 심상치 않아
우산도 없이 빗줄기를 보았다

비 냄새 맡으면서
비의 비애를 알아내려고
나는 보는 법을 배우고 있다

비 오다 그칠 때

세상에서 가장 큰 일을 본 것 같고
빗소리는 자기 비평을 쓰는 것 같다

보는 것의 최고는 자신을 없애고 보는 것

이런 찬란이 없다면
나는 무엇으로 간단할까

때때로 비는 오고 세상은 젖겠지만
젖은 세계를 몇번이나 더 눈에 담을 수 있을까

보는 법을 배우다 다시 본다
보고 또 보아도
보일 듯이 보일 듯이 보이지 않는*

세상은 짓궂은 것이다

* 동요 「따오기」의 첫 소절.

뜻밖의 질문

눈이 녹으면 그 흰빛은 어디로 가나
그가 질문을 던졌을 때
우리는 다만
그 질문을 생각하고 기억하고 상상할 뿐
그 흰빛의 행방을 알 수가 없다

이 세상에
눈보다 더 눈부신 흰빛이 있을까
얼마간 의문을 가져보다가
생각은 머릿속으로 하는 혼잣말 같고
날리는 눈발은
하염없이 잃어버리는 목소리 같아

쌓이고 쌓인 눈 위에
또 눈이 쌓이는 것을 보면서
나는 누구의 기억 속에 얼마나 쌓였을까
거듭 가파른 생각을 한다
어느덧
눈에 눈〔雪〕물이 차오른다

눈이 녹아도
그 흰빛은 사라지지 않는다는 걸
눈을 쓸면서 뒤늦게 깨닫는다

저 흰빛만큼 눈부시게
내 생각을 들어 올린 구절은 없다

어떤 눈은 너로부터 무너지고
어떤 너는 눈처럼 쌓인다

눈이 와서 하는 일이란
나에게서 오점을 지워주는 일

백색이 전부인 눈의 세계도
유백 설백 청백으로 나뉜다는 걸 알고 난 뒤
눈에 대한 생각이 달라졌다

뜻밖의 질문을 받았을 때처럼 놀라서

눈길을 오래 걸어본다

쌓이거나 녹거나 하는 것만큼
긴 문장이 있을까

돌아보니
어느 소설의 첫 문장같이
밤의 밑바닥이 하얘졌다*

마침내 뜻밖의 질문이 완성되었다

* 가와바타 야스나리 『설국』.

달의 모서리

둥근달을 볼 때마다
모서리를 생각한다
둥근달에도 모서리가 있을까

둥근 것들은 모르겠지
모서리를 가진 기분
너의 뒤편을 알 수 없는 나의 기분

홀로 달의 뒤편을
처음으로 비행한 마이클 콜린스를 생각할 때마다
"온전히 두렵지도 외롭지도 않다"는 그의 말에

내 의지가 내 생각을
멈추게 할 것 같은 밤이다

밤이 선생*이란 말 생각나
달빛 때문에 인류가
생각하게 되었다는 사실에

잘못을 고치지 않으면
그것이 잘못이라는 생각이 든다

이 세상 어디에
달처럼 온전히 빛 하나로
세상 밝힐 수 있는 사람 있다면
나는 그를
어둠 속에서 빛을 안겨주는 아름다운
상징이 되는 달의 모서리라 부르겠다

달의 모서리를 생각하고
달을 맞이하려면
누구나 구름 나그네가 되어야 한다

무엇을 보는 것이
보이지 않는 것보다 두려운 것이
달밤이라서

달밤에 달의 밤에

내가 오래 생각한 것은
어느 순간에도 나는 네 편이라는 것이다

둥근달과 함께 있으면
모서리 많던 네가
좋아지던 이유를 알 것도 같다

내일은 비가 오려나
달 모서리에 달무리 진다

* 황현산 『밤이 선생이다』.

몸 사용 설명서

운명에 만약이란 없다고 말을 해도
듣지 못하는 귀가 하나
못다 한 말이 있어
나머지가 많다는 입이 하나
보인다고 다 분명한 것은
아니라는 눈이 하나
길은 여러갈래라고
아는 척을 하는 발이 하나
숨 쉬는 순간
재난은 시작된다는 코가 하나
보이지 않아
비밀 같은 배꼽이 하나
굽힐 때를 몰라
꼿꼿한 허리가 하나
뒤편의 벽이 되는
등이 하나
슬픔은 썩지도 않는다고
일기장에 쓰는 손이 하나
웃음도 울음도 음처럼

담고 있는 얼굴이 하나
뻐꾹새 소리로
울어보는 마음이 하나
내가 사람이라는 걸
보여주는 눈물이 하나
몸이 있어 사용한다는
설명서가 하나

하나의 품속에 밤이슬 내린다

지극히 지루한

너무 오래 누워 있어 지루한 땅이 어느 날
벌떡 일어선 것이 가로수라고
너무 오래 서 있어 지루한 가로수가 어느 날
털썩 주저앉은 것이 땅이라고
너무 오래 걸어와 지루한 발이 어느 날
덜컥 멈춘 것이 집이라고
누가 기막힌 말을 했나

구속은 지루하고 변화는 흥미로워
나는 뭐? 하며
잠시 하늘을 올려다본다

하늘은 그대로
구름은 여전한데
놀랍게도 그들은 지루한 기색이 없다

하루가 지루하다고
나는 나를 내려놓았는데

너무 오래 살아와 지루한 몸이 어느 날
문득 젊은 너는 어떠냐고 묻는다

저녁을 외투처럼 걸치고
나는 대답 없이 걸어간다
이미 지루한 하루

지극히 지루한 곳에
심지(心地)가 있다

나는 낯설다

우울이 우물처럼 깊다고 말할 때
웃고 있어도 눈물이 난다*는 노래가 좋아질 때
아무것도 놓여 있지 않은 받침을 물끄러미 볼 때
다르다와 틀리다를 혼동할 때
소유를 자유로 바꾼 사람을 잊어버릴 때
슬픔을 이기려고 꽃 속에 얼굴을 묻을 때
목 놓은 바람 소리 나를 덮칠 때
아무렇지 않게 웃으면서 애절한 가사를 쓸 때
절망이 나를 키웠다고 고백할 때
먼 것이 있어서 살아 있다고 중얼거릴 때
남의 고통 앞에 '우리'라는 말을 쓰고 후회할 때
흰 구름으로 시름을 덮으려고 궁리할 때

쓰기 위해 사는 것이 아니라
살기 위해 쓸 때
나는 낯설다

* 조용필「그 겨울의 찻집」.

생의 한가운데

바람 속의 영혼처럼
눈이 날린다

홀로 걷다 돌아보니
'나 홀로' 청년들이 실업에 울고 있다

한결같은 것은
아무것도 없는 것 같아

머리맡에 씨앗을 두고
잠을 청한다 청해도 잠은 안 오고

짙어진 나뭇잎 속에
아슬하게 줄을 치는
거미를 바라보다 중얼거린다

저 줄에도
한 생이 걸려 있구나

나도 그것으로 한 생을 견뎠다

가진 것에 만족하면
행복하다는 말을 믿으면서

행복을 돌돌 말아
너에게 던져줄게

깨어진 뒤에야 완성되는
그 거룩을
한줄로 써서 보내줄게

오늘도
어느 곳에선가
뜬구름 잡는 일이 일어나고
다리에 쥐가 난 사람들이 걸어가고

어느 날
기러기가 V자를 그리며

낮달을 뚫고 날아간다

그래도
모두가 사라진 것은 아니겠지?

바람에 얼굴을 묻고
생의 한가운데를 생각한다

아무튼
성자(聖者)는
시계를 가지지 않는다

제 2 부

꽃 피는 시집

전번 시집을 읽고는
무릎을 쳤는데
이번 시집을 읽고는
가슴을 쳤습니다

독자의 말 한마디에
무진장 감동 먹고
하늘 한번 올려다보니
낮인데 달이 떠 있네요

이만한 환대가 또 있을까요

한 생각이 꽃 피우는
세상의 시집들

한 해의 어느 날을
웃게 해준 당신 고맙습니다

또 하나의 신

세상에는 이름 모를 신이 많다면서
자신도 신이고
당신도 신이라고
어느 시인이
흰 밤에 꿈꾸듯 신비롭게 말했다
놀라워라, 그들이 신이라니
이 무슨 뜻밖의 계시인가
느닷없이 신심(信心)이 이는 듯하네

신은 죽었다는 말을
신처럼 믿으면서 살아온 나로서는
아무래도 신이 될 자신이 없어
시인이나 되어서
변신의 명수인 당신보다는
정신이란 신을 수호신 삼아
당분간
자신을 지킬 생각이다

사이

놓았거나 놓친 것 사이
이런 일 저런 일 사이
빛과 그늘 사이
인연과 악연 사이

쉴 사이 없이

그 사이에
한줌 흙이 뿌려지고
모든 사이가 끝이 난다

프리다 칼로와 디에고 리베라 사이
재클린 뒤프레이와 다니엘 바렌보임 사이
실비아 플라스와 테드 휴스 사이
나혜석과 김우영 사이
허난설헌과 김성립 사이

이 별에서 저 별 사이가 너무 멀다

어느 사이에
일출과 일몰 사이가 멀기도 하구나

치유의 시작

바람은 철도 없이 제멋대로인데
언덕 위의 나무들 곧게 서 있다

요즈음은 방향 없는 바람같이
세상이 흔들려서인지 사람들이 산만해서인지
자연에 대해 대체로 무관심이다

자신을 얻고도 자연을 잃으면
아무 의미도 없을 것인데
그것쯤이야, 한다

이 세상은
살 만한 곳인가를 묻기 위해
결핍에 더듬이를 대어본다

결핍은 길고 더듬이는 짧아
잃어버린 것을 찾을 때처럼
계곡을 향해 자연아, 불러본다

흐르던 물이 멈칫하며 나를 올려다본다

어찌하여 이 땅에는
다만 혼자서
수직으로 선 나무가 있는 것인가

나무가 있어
세상은 견딜 만하다고
나무의 곧은 언어를 빌려 적는다

새로운 언어는
새로운 세계를 만든다고 믿는다

믿다가 배신당하는 날들이 계속될 때
나무나 믿을걸, 후회한다

후회 끝에는
흔들리고 흔들리다 기어코 중심이 되는
참혹한 아름다움이 있다는 걸

처음 깨닫는다

이제부터 나에게는
시작이 필요하다 살아야 할 이유다

나무가 뿌리 깊을 동안
시를 쓰고 원고청탁서를 받고 또 시를 쓴다

나뭇가지처럼 위로 뻗고
나뭇잎처럼 떨어지기도 하지만

죽을 나이까지는 괜찮다는 기분
이것이 치유의 시작이다
시작하기에 늦은 것은 없다

길 잃은 바람까마귀가
바람 한 자락을 물고 날아간다

한편의 좋은

산문 같은 날이 올 것만 같아

나도 바람 한 자락
내 것처럼 당겨본다

사람

당신은 누구십니까?
사람이 힘든 사람입니다
들국화가 아름다운 것은
거친 들판에서 피어나기 때문이지요

당신은 누구십니까?
인생을 낭비한 죄인입니다
시간은 삶을 만드는 재료이지요

당신은 누구십니까?
숨은 비명이 불쑥 올라오는 사람입니다
구겨진 종이가 멀리 가는 법이지요

세상에는
단순하게 나쁜 사람도 없고
복잡하게 좋은 사람도 없지요

그렇다면
어떤 사람이면 되겠습니까?

이름 짓기

　모래내에 살 때 라디오 수리점을 하는 한 부부가 첫 아이 이름을 지어달라는 부탁을 했다 시인이니까 잘 지을 것이라는 장담까지 하면서 간곡하게 '시인이니까'라는 말에 난감해져선 한참이나 망설이다가 생각해보겠노라고 했다 간절함 앞에 무릎을 꿇었던 격인데 일주일이 지나도 단어 하나 떠오르지 않아 내가 난감해졌다 시인인데 이름 하나쯤이야 할지도 모른다는 생각에 걱정이 앞섰다 일주일이 지나고 그 다음 날 아침 눈이 왔다 하얗게 쏟아지는 아이 웃음 같은 함박눈을 보는 순간 그래, 그 아이 이름을 '누리'로 짓자 온 누리에 내리는 눈처럼 축복받고 살 수 있기를 마음으로 빌었다 너의 이름은 유누리! 내가 처음으로 누군가에게 이름을 지어주었다는 뿌듯함이 온 누리에 퍼지는 것 같았다 이름 짓기로 내가 조금은 주는 사람이 되었다 삼십년 전 일이다

종이 한장의 기억

종이를 구겨서 멀리 던졌다
반듯한 것보다 멀리 갔다

세상에 던져져
멀리 갔다 돌아온 날
그렇게 될 것은 결국 그렇게 되는 것이었다

언제였더라
감동과 격려를 찾고 있던 때
삶에는 기습이 있다*는 문장에 밑줄을 그었다

기록으로서의 역사가 시작된 것이다

종이 한장에 몇그루의
나무가 들어 있다고 나는 말했고
구겨진 종이에 몇날의
그늘이 스며 있다고 말한 것도 나였다

나의 나무 숭배는

곧은 나무가 기른 것이어서

내가 종이를 구기다니 구겨서 버리다니
구겨진 것은 종이인데 마음이 다 구겨진다

구겨진 마음으로
오만가지 생각을 한다

생각 끝에 주어진 종이 한장

종이 한장에 시 한편 쓰려고
나는 마치 물고기처럼
잘 때에도 눈을 뜨고 잤던 것이다

* 신경숙「겨울 우화」.

모를 것이다

당신과 함께 있으면
내가 좋아지던 시절이 있었다고
시인은 말하지만
사랑을 이기지 못하면
다시 사랑을 발명하라고
시인은 말하겠지만

당신과 함께 있으면
내가 없어지던 시절이 있었다고
나는 말하네
사랑은 발명하는 것이 아니라
발굴하는 것이라고
나는 또 말해보네

어느 것이 정답이고
어느 것이 해답인지 알 수 없으나

내가 평생 겪은 대형 사고는
병이 나를 들이받은 것과 한 인간을 만난 것이네

사랑은 모든 것을 이긴다고
시인은 거듭 말하지만
웃음보다 눈물이 정직하다고
거듭 말하겠지만

모르는 소리 마라

눈물이 물이 될 때까지
물이 다 마를 때까지

내 스스로
고립치가 된다는 것은 모를 것이다
정말이지, 모를 것이다

일월에서 사월까지

잃어버린 것 잊지 않겠다고 말하려다
억울을 안고 떠난 사람도 있다고 말하고 말았다

이곳에는 굵은 밤이슬이 내린다고 말하려다
삶을 쓰면서 세상에 진 빚을 갚는다고 말하고 말았다

세상이 얼마간 바뀌기를 바란다고 말하려다
술잔 속에 시절을 올려놓고
기우는 해를 붙잡아보겠다고 말하고 말았다

나의 시간에 스코올 같은 슬픔이 있다*고
어느 시인처럼 말하려다
숲도 알고 보면
산 세월이 무거워 울창해진다고 말하고 말았다

이렇게 말하려다 저렇게 말하고 나니

뒤란의 목련이
웃음처럼 하얗게 피어났다

* 박인환 「거리」.

물의 완창

바람이 짧게 강변을 지납니다 산그림자 길게 당겨보고 물
새 발자국도 슬쩍 들춰봅니다 상형문자 같은 발자국들 새들
도 때로 자국을 남깁니다 물살에 잠긴 저것이 흔적일까요
물은 흔적도 없이 앞으로 나아간다는 걸 이제야 알겠습니다
저기 저 물자리가 무량합니다 물뱀들 물방개들 물길 따라
놀고 온갖 잡풀들 물을 타고 있습니다 나는 잠시 물속에서
도 잘 놀던 아이들을 생각합니다 물속에선 누구나 동심으로
돌아갑니다 그것만큼 무심한 것이 더 있겠습니까 무심한 마
음으로 무궁하게 살고 싶습니다 이곳에 산다는 건 자주 물
먹는 것이라던 친구의 말이 물보라 칩니다 물 같은 삶은 없
는 것입니다 물속을 한번 더 들여다봅니다 눈 뜬 물고기들
이 나를 빤히 올려다봅니다 물 먹고도 잘 살고 있다는 듯 물
흐르듯 살지 못한 내가 오늘은 물에 대해 수심 깊게 적고 말
겠습니다 잘 때에도 눈을 뜨고 자는 물고기에 대해 물의 내
력에 대해

거침없는 시도

눈물을 마시는 새가 있다면
아마도 시인일 것이다
자신을 모르고 크게 울다 죽은
시인이 있다면 눈먼 새일 것이다

시인에서 사람을 빼면 시만 남고
문학상에서 상을 빼면 문학만 남을 것인데

그래서 다산(茶山) 선생은
산이 아니면 오르지 말라고
시정신을 강조한 것인데

싹 트는 것은 환멸이고
꽃 피는 것은 분노라고 말들 하네

말로써 말 많을까 걱정하면서
나는 오래된 거리를 오십년 넘게 걸어왔다
슬픔이 없는 십오초*를 꿈꾸면서 그렇게

그런데 얼마 전
'시의 오래된 거리를
내내 지켜온 선생님께'라고 서명한
후배 시인의 뛰어난 시집을 받고
심장이 움푹 파이는 것 같았다

정말로 나는 시의 거리를 잘 지켜왔을까
그때 문득
밥 한번 먹자던 오래된 약속이 생각나
인사동 오래된 밥집에서
그날따라 유독 움푹 파인 숟가락으로
거하게 한상 먹은 뒤

여기 물요! 했더니
물은 셀프라고 한다
셀프? 그 말에 놀랍게도
셀프서비스 셀프케어란 단어가
물잔에 차오른다
나도 셀프컨트롤 해야지, 생각하는데

술상도 밥상도 아닌 문학상을 받다니
이 무슨 세상인가 싶어 어리둥절하다는
마음이 온돌 같은 K 시인이
짧은 수상 소감을 보내왔다
십구년 만에 시집을 냈으니
그럴 법도 하다고 고개를 끄덕이며

나도 처음 상 받았을 때
밥 안 먹고도 배부르고
눈물로 한상 차려도 슬픔의 체증이
자꾸 내려가더라는 답신을 보냈다
시에 찔린 가슴이 한번 울면서
그랬는데

아직도 나는 나를 모르고
시의 본가, 본질을 거짓말처럼 모르고
그 나이에 모르다니 말이 되냐고
촉빠른 시인들은

무슨 모래톱 무너지는 소리냐고
핀잔하겠지만

물속을 들여다볼 때나
불길을 오래 바라다볼 때처럼
고요를 배우라는 듯

위턱구름이 땅을 내려다본다
비구름이 비를 몰고 올 모양이다

내일부터는
나는 정신 차리겠습니다

아무도 돌봐주지 않는 고독에 시를 바치고
'적막'이라는 무서운 짐승을 기다리는
고독한 사냥꾼이 되어야겠다

숲 위에 뜬 별이 바람에 스친다
모두 다 시를 쓰는데

아무도 셀프 수상을 시도하지 않는다

* 심보선 「슬픔이 없는 십오 초」.

추분의 시

한밤중에 깨어
시 한줄 쓰다보면
웬일로
입이 쓰고 마음이 쓰다
쓰고 쓴 것이 시다

시 쓰기란
진창에서 절창으로 나아가는 도정이니까
가다보면
세상의 습도가 내려간다
간간이 뼈골 사이로
밤낮의 길이가 나눠진다

나는 잠시
밤을 보고 나는 잠시 낮을 본다

고개가 아프면 땅을 보고
속이 쓰리면 하늘을 보려고

보고 또 보다보니
추분은 명시와 닮았다

시보다 더 충분한 것은 없다
밤낮의 길이가 같은 추분처럼

뜻밖이었다

사랑초가
몇송이 분홍 꽃을 피웠다
사랑이 으르렁대듯
뭐? 하며 놀란 눈이
아이처럼 좋아라 먼 데를 본다

구름 몇송이
무슨 생각처럼 피어났다

당도하는 당도, 그게 아름다움이라고
아름다움은 세상의 신비라고 말들 하기에

아름다움을 가지려고
사랑초 한가닥에 나의 생각이 당도했다

꽃은 뒷모습을 숨긴다고 말한 건 너였고
우는 꽃이란 없다고 말한 건 나였다

꽃은 늘 나에게 특별했으므로

사랑초라는 특이한 이름이
사랑의 거처에 대해 생각하게 한 것이다

그건 순전히
사랑초라는 이름 탓이었다

뜻밖이었다

뒷날의 기록
시집* 후기(後記)를 다시 옮겨 적다

어떤 것에 대해 생각한 것들과 생각해야 할 것들이 길이 되어주었다 삶 속에는 왜 그런가요?라고 물을 수 없는 그런 것이 있다

일년 내내 눈이 먼 채로 살다가, 가을이 되어 눈에서 비늘이 떨어져 나가면 비로소 앞을 볼 수 있다는 숭어에 대해, 벚꽃이 필 무렵, 남풍이 부는 따뜻한 날에 바다에서 강으로 거슬러 올라가다 가을에, 제가 태어난 하구로 돌아가서 알을 낳고 죽는다는 은어에 대해, 땅속에서 육년 동안 애벌레로 살다가 네번째의 껍질을 벗은 뒤, 가장 날씨 좋은 여름날을 택하여 다섯번째의 껍질을 벗고, 땅속을 뚫고 나와서야 날개 달린 한마리의 매미가 된다는 유지매미에 대해, 둥지가 없어 춥고 긴 밤을 떨면서 날이 밝으면 꼭 둥지를 지어야지 하고 밤새 다짐하지만, 아침 해가 떠오르면 그 따뜻함과 편안함에 취해 집 짓는 걸 잊어버리고 만다는 야명조라는 새에 대해,

나, 할 말을 줄이려 한다.
다시는 아무 곳에나 내 이름을 내려놓지 않으리라.

뒷날의 기록으로 남겨놓는다

*『마음의 수수밭』, 창작과비평사 1994.

그 겨울의 끝
이성복 「그 여름의 끝」을 읽고

눈 속에서도 매화나무는
몇 구절 꽃줄기를 지켰습니다
서너차례 폭설에도 한번의 강풍에도
꺾이지 않고 눈보다 더 환했습니다

이 세상 무엇이
저렇게 눈부실까요

폭설의 한가운데 서서
매화를 보는 나의 눈빛이
오늘이 끝날인 것처럼 간절하였습니다

한그루 고결을 지키듯
매화나무 질긴 꽃들이
서너평 좁은 마음을 흰 자락으로 덮었을 때

기적처럼 나의 맹목은
끝이 났습니다

제 3 부

아름다운 진보

산골로 피서 갔던 한 도시 소녀가
밤하늘에 가득 찬
별을 보고 울었다

스스로 빛나는 별자리가
거기에 있었다

언제나 있었지만 보지 못했던
밤하늘이 울부짖었다

별빛 안에는 수많은 빛이 있어
아름다움은 빛과 같은 것일까

소녀는 저를 뒤집는 힘으로
별자리 하나를 가졌다

아침에 생각하다

아침에 눈을 뜨면 시를 쓰지 않고는 살아 있는 이유를 찾지 못할 때 시를 쓰라는 릴케가 생각나고 나는 시작(詩作)의 출발부터 시인을 포기했다 나에게서 시인이 없어졌을 때 시를 쓰기 시작했다는 김수영이 생각난다 아침에 눈을 뜨면 생각은 깊게 생활은 단순하게 하라는 워즈워스가 생각나고 오늘 나는 아름다움에 인사할 줄 안다는 랭보가 생각난다 아침에 눈을 뜨면 문학에서의 정치는 연주회장에 울리는 총소리와 같다는 스탕달이 생각나고 우리의 열망이 우리의 가능성이라는 새뮤얼 존슨이 생각난다 아침에 눈을 뜨면 이 세상 도처에서 쉴 곳을 찾아보았으나 마침내 찾아낸 책이 있는 구석방보다 나은 곳은 없더라는 움베르토 에코가 생각나고 나는 정의를 믿는다 그러나 정의에 앞서 어머니를 옹호한다는 카뮈가 생각난다 아침에 눈을 뜨면 마지막으로 돈! 천국 외에는 다 가질 수 있게 해주는 것이라는 신문 배달 소년의 응모 시 한 구절이 아프게 생각난다 어둠은 빛보다 어둡지 않다고 생각하는 아침이다

미래(未來)라는 이름

한번만 들어도 좋은 이름이 있다
미래라는 둘도 없는 이름이다

나에게도
가지고 싶은 이름이 있다면
미래라는 이름이다

뜨겁게 머물다
문득 떠나는 이름이 아니라
밀물처럼 왈칵 쳐들어와선
사방을 꽉 채우는 초록 같은 이름

그냥 그 이름이기에 좋은
그런 이름 하나 가지고 싶어

미래가 언제 오느냐고 물으면
너는 곧,이라고 대답한다
곧이라고?
믿어지지 않아서 되물으면

너는
불확실한 게 더 좋아
희망이 있으니까,라고 대답한다

그 말은
특이한 게 아니라 특별했다

그때부터 나는
불안정한 기쁨을 미래라고 쓰기로 한다

그냥 그 이름이기에 좋은
미래라는 이름

바람은 몇살이야

오래전 봄날
네살짜리 아이와 손잡고 언덕을 올랐을 때
마침 바람이 불었다

그때 아이가 불쑥
"바람은 몇살이야?" 물었다

어쩜 저 어린것이
바람에도 나이가 있다고 생각했을까
신기해서 한참이나 아이를 바라보다가
나는 궁색한 대로
"바람은 나이가 없단다 잘 날이 없으니까"
대답했던 것인데
아이는 궁금한 것은 참을 수 없다는 듯
"바람은 집이 어디야?" 다시 물었다
"바람은 집이 없단다 떠돌아다니니까"
바람 잘 날 없는 내가
그렇게 대답했던 것인데

길 위에서 아이는 어리둥절하고
몇차례 바람 속에서도
우리는 무사하였다

멀리
강물이 내려다보였다

빈자리가 필요하다

여러번 생각하고 한번 말할 때
침묵이 가장 큰 비명이라는 생각이 들 때
작은 돌이 수면에 파문을 일으킬 때
맹세를 물에 적어놓을 때
한계와 경계가 풍향계와 다를 때
몸에 안 좋은 해충이 대충일 때
편견과 선입견이 무서운 견(犬)처럼 느껴질 때
먼 길이라도 갈 때는 가야 할 때
가는 길이 다르고 꿈이 다를 때
누구나 조금씩 우울의 저금통을 가지고 있을 때
아름답기만 해서는 모자라는 게 시일 때
시 쓰다가 날 선 종이에 손을 벨 때
등받이 없는 의자에 앉아 가끔씩 울 때
삶이란 학교에서 영원한 학생일 때

그늘이 아름다운
빈자리가 필요하다

들국

들국을 처음 만난 날
들판은 보이지 않았다
언덕이 나타나
여기가 산 밑인가 어리둥절했다
낮인데 날씨는 다소간 어둑했다

나비 한마리가
꽃대를 흔들고 지나갔다

그날은 온통 가을이었는데
얼마 되지 않아
할 말을 어디에 두고 온 듯
세상 빛이 문득 차가워졌다

촉기(觸氣)가 있는 시절 같았다

나는 내가 종일 하는 생각으로
그 시절을 견뎠다
한가닥 들국 속에 맥박이 있었다

푸른 봄의 기록

소유보다는 자유가
의심보다는 호기심이
모범보다는 모험이 최고봉일 때

그때가 젊은 때이다

젊다는 것은
가끔 길을 잃거나
막다른 골목에 들어서도
다시 돌아나올 수 있는
시간이 있어서 좋은 것이다

지금 잠을 자면 꿈을 꾸지만
지금 공부하면 꿈을 이룬다고
누가 말했더라

몸 전체로 살고
마음 전부로 도전하면 된다

청춘의 기록에
두번은 없다

벌써

목련이 겨우 지는데
벌써 여름빛이 가까워진다

하고 싶은 일이 남았는데
벌써 매미 소리 숲 위에 그늘진다

더는 갈 데가 없는데
벌써 구름은 어제처럼 흩어진다

눈 뜨고 있어도 세상 어두운데
벌써 마음 한복판이 움푹 파인다

한 사람을 용서한 적 없는데
벌써 시 한줄이 밥값에 부족하다

시간은 자꾸 가는데
벌써 후회는 반성 앞에 쌓인다

그런데 어쩌나

나이는 먹어도 아직 배는 고픈데

그런데 또 어쩌나
달이 자꾸 나를 따라오는데
벌써 살고 싶으니 또 어쩌나

9월 10일

한 경찰관이
강물에 뛰어들려는 사람의
어깨에 황급히 손을 얹었다

많이 힘드시죠?
그래도 우리
하루만 살아봐요

한 사람의 간절한 말 한마디가
간절하게
한 사람을 살렸다

그날은 9월 10일
'자살 예방의 날'이었다

우리 같은 사람들

내가 사는 아파트 경비원에게
경비하느라 수고가 많다며
시집 한권 건넸더니
우리 같은 사람도 써주세요, 한다

우리 같은 사람이란 말에
마음이 걸려 넘어진다

우리 같은 사람이라뇨, 했더니
우리는 늘 그래요 사는 것이 불편하니까

나는 놀라서
우리 같은 사람들 말고
울 같은 울타리 같은 사람들이라고
고쳐 써본다

어떤 울림이
울을 넘어 넘실거린다

몇줄의 마음이
우리 같은 사람들에게로 밀물져간다

시 쓰는 동안 나는 무엇을 썼나

인파 속에 파도가
동어반복 하는 줄 모르고
물결 속에 물방울이 흩어지는 줄 몰랐다

이런 일 저런 일이
세상일이란 걸 알지 못했다

모르면서 모를 때마다
텅 빈 몸이 텅텅거린다

이게 나라는 생각

모두를 위해
쓰지 못한 시를 찢어버린다

마당을 쓸고 있는
우리 같은 사람의 등이
오늘따라
더 굽어 보인다

둘도 없다

그녀에게는
없는 것이 세가지가 있다
이름이 없고 내가 없고 공(功)이 없다

그녀는 없는 것으로
지상의 하느님이다

모든 곳에 함께할 수 없어
그녀를 만드신 하늘의 하느님도
가끔은
그녀 앞에서 우두커니가 된다

잎과 꽃이
하늘을 보고 피는 날개하늘나리도
그녀 앞에서 고개를 숙인다

철없는 너와 나는
그녀 속에 들어갔다 나왔다고*
자랑을 한다

너와 내 머리 꼭대기에
그녀가 앉아 있는 줄도 모르고

그녀는
세상에 둘도 없는
너와 나의 어머니다

* 박찬세 「생일」.

연애는 애연이다

연애란
중소기업 하나 운영하는 것처럼 어렵다는
공 아무개 시 구절을 읽고는
한바탕 웃다가 눈물이 찔끔 났다

체험 없이는
이런 고백을 할 수 없을 거란 생각에
크게 무릎을 쳤다

웃음 끝의 울음 같은 연애론

연애학교가 있다면
그는 분명
연애박사 학위를 받았을 것이다

나는 늘 연애를
거꾸로 읽는 버릇이 있다

연애를 뒤집으면 애연 아닌가

애연은 중독성이 있어
한번 빠지면 헤어나기 어려운 것이다

담배 맛처럼 씁쓸하고도 떫떠름하나
연기를 뱉을 땐 살 것 같다는 연애질!

연애는 하지 않고 또는 못 하고 애연만 하다가
연애보다 맛없는 애연을 끊은 지 오래

연애의 유통기한은 딱 삼개월이라는데
절명시 한편 남기는 연애는 없다
절망스럽게도

시인 지망생에게

익숙해지면 시들해지는 연애처럼
새롭지 않으면 시도 시들해지는 것이지

끝없는 질문이 시의 시작이니
시들기 전에
익숙한 것을 낯설게 해야지

동어반복 하는 파도 소리 말고
문풍지의 미세한 떨림 같은 것

마음의 초점을 잘 맞추어
다음 페이지를 넘겨야 해

기억력이 2분밖에 안 되는
금붕어 입처럼 뻐금거리지 말고
꽃과 잎들의 거룩한 침묵에서
새봄을 들어야지

네 안의 숨은 힘을 끌어낼 때까지

너무 늦게 깨달은 자의 변명은 말아야지

시는 마음 깊이 새긴 물음표 아니냐
몸으로 닻을 내리는 땅 아니냐

너만이 네 안에 잠자는 거인을
깨울 수 있어야지
동어반복은 시의 적이니까
너의 적이기도 하니까

나는 이렇게 너를 쓰는 중이다

산은 오랜 침묵 덩어리

높은 산은 오른다 하고
깊은 산은 든다고 하네

오른다는 말보다 든다는 말이 좋아
산에 든 지 이십년이 더 되었네

산은 오래 들어도 처음 든 것 같고
자주 든 길도 첫길 같아
산은 늘 같은 듯 다르네

높은 자리에 오른 사람도
깊은 산에 든 것은 아닐 것인데

나무는
무리 지어도 간격이 뚜렷한데
사람은 무리 지으면
혁명이 일어날 것 같다는 생각

든다는 것과 오른다는 것이

산만의 일이 아니라서
눈에 든 풍경도 절경만은 아닐 것인데

산의 방식대로 따라가다보면
흐르는 땀도 가치라는 생각
차갑고 둥근 바위는
버티는 힘으로 산을 지킨다는 생각

산은 오랜 침묵 덩어리

반성문

구름이 흩어지는 걸 보니
서늘한 날이 가까워진 듯
산그늘이 깊어집니다

그늘에 기대어
수고로운 인생이라 쓰다가 지웁니다
그래도 지난날은
참으로 다행하였습니다

바람의 기색이 달라지면
사람이 너무 많아 잊기도 한 하늘을
오래 바라보기도 하겠습니다

정답 없는 질문에 해는 기울고
사람의 눈이 별빛을 만들기도 합니다

안간힘을 인간의 힘이라 말한 시인이 있어
눈이 녹으면 봄이 된다는 걸
겨우 알겠습니다

내가 시를 쓰는 것은
목숨에 대한 반성문입니다
쓰고 또 써도 이 글은
내 의지가 나의 길을 결정한
본래의 나일 것입니다

이제야 할 수 있는 말은
인생아, 고맙다입니다

제 4 부

제 4 부

한 소식

바람은 얼굴이 없단다
그래서 다른 모습으로
자기를 보여주지

우는 꽃이란 없단다
그러니 꽃 쪽으로 가서 살거라
꽃은 늘 환한 모습이지

낮에 우는 새는 노래하는 것이고
밤에 노래하는 새는 우는 것이란다
그것이 새들의 모습이지

시를 쓰는 너는
세상에 진 빚을 갚는 것이란다
가끔이라도
사람 마음에 다녀가는 너는
시인 아니냐

어머니 한 소식 전해주신다

꽃처럼 웃거라
그것이 네 모습이 될 때까지

나의 절경

구겨진 생의 주름을 수평선처럼
좌악 펼칠 때가
나의 황금기라면
인생이여 고맙다고 말할 때가
나의 황혼기라면

두 시기의 맥박을
아무도 몰라서 아직 하나뿐인
나의 절경!

낱말이 나를 깨운다

책 속에서
글만 쓰다 죽은 낱말을 본다
일만 하다 죽은 노새 같은 낱말
낱말은 나를 알까

얼굴에서 얼을 빼면 굴만 남고
눈물에서 눈을 빼면 물만 남는다는
말을 들었을 때

낱말은 새가 듣는 낮말이 아닌데도
나에게 낱말은
낮에 나온 반달을 보는 것보다 어려웠다

생각 끝에 낱말이 서 있었다

정신의 끝에 매달린 낱말들아
낱말을 놓친 생각들아

낱말이, 낱낱의 말이 없어진다면

오늘도 한 문장이
홀씨처럼 날아갔을 것이다

한줄기의 낱말이
천개의 소나기를 쓰지 못하면 어쩌나
한 소절의 소나기가
한편의 천둥 번개를 완성하지 못하면
또 어쩌나 조바심칠 때

감탄사 없는 시대에
한 낱말이 살고 있어

느낌표 쉼표 마침표를 차표처럼 손아귀에 쥐고선
그동안 얼마나 많은 기차를 놓쳤는지
낱말은 기적 소리를 지워버린다

살펴보니
남은 건 물음표뿐
물음표는 물음표로 남아 있을 때

가장 강력하다는 말

그 말을 타고 나는 달리고 싶지
저 너른 들판으로 멀리

아집과 고집과 트집으로 지은 집을 버리고
그리움과 외로움과 미움이 꽉 찬
움막도 버려야지
아만과 방만과 교만이 파도치는
해안을 떠나야지

오늘도 낱말이 나를 깨운다

낱말은 정신의 지문(指紋)이라고
아무도 모르는 문장이 되는 기쁨이라고

책가을

가을빛은 참으로 선하다
뻣뻣한 벼 이삭도 고개 숙이게 하네
수런대는 들판이 만권의 책 같아

잘 익은 가을 같은 책 한권 빌린다면
기억하기 좋은 달이 될 것이다

우리가 책에서 배운 것은
생각을 하면 생각이 난다는 것

쓸쓸이 재발할 때
나는 가을을 퇴고했네
딱 한줄 네 모습
나머지는 모두 여백이네

한 철 동안 누가
다음 페이지를 넘기는지
책 속에는 길이 있다고 하네

지금 이곳에서 책을 펼칠 때
내가 겨우 할 수 있는 일은
책에서 몇줄의 감동을 훔쳐내는 일

그것 말고는
단풍잎의 떨림과 키 낮은 풀들의 결핍
차디찬 눈물과 쓰디쓴 경험
이것이 마땅한 가을 추수이니 누구든 받아가라

책장을 덮어도
참으로 선한 가을이다

절벽

잘 익은 울음을 실컷 울었다는
느낌이 들 때마다
웃음에 대해 생각하게 된다

내가 언제 활짝 웃은 적 있나
꽃밭에 나가 꽃 본 적 있나

울음의 끝은 웃음일 것인데

사는 동안은 눈 한송이가 녹는 동안은

너는 너만큼 가파르고
나는 나만큼 아득한 것인데

경험으로 말한다면
누구에게나 절벽 하나쯤 있게 마련이어서
일상은 믿는 도끼에
발등 찍히는 것이다

오죽하면 세상에, 월급을 받으면서
지구에 돈 벌러 오지 않았다*고
절규하는 사람이 있을까

크라카타우섬의 저녁노을을 보고
「절규」를 그린 뭉크도
세상에서 가장 절박한 소리가
절규라는 것을 알았을 것이다

시에도 절벽이 있다고 절창한 그도
절망을 습관처럼 반복할까

아닐 것이다 아닐 것이다 부정하면서
나는 그만
절벽 하나를 평온처럼 품는다

* 이영광 『나는 지구에 돈 벌러 오지 않았다』.

가끔은

가끔은 주목받는 생이고 싶다던
오규원 시인
그의 생은
그가 없어도 주목받는다
동틀 무렵이 가장 좋은 봄처럼

나는 가끔 우두커니가 된다는
나라는 시인
나의 생은
내가 있어도 가끔은 우두커니가 된다
새벽녘이 가장 좋은 겨울처럼

가끔은 시도
주목받고 싶을 때가 있을 것이다
해 질 녘의 정취가 가장 좋은 가을처럼

이 별도 저 별도 아닌 별똥별도
가끔은 떨어지면서도 어둡지 않구나
밤이 가장 좋은 여름처럼

머리로 걸어 다녔다

별똥별은
쓰러지면서도 별이구나
내가 본 동화보다도 신기하구나

나는 하늘 속에
별세계가 있다고 쓰지 못했다

가난한 내 언어에
혓바늘이 돋았다

이 세상에
별보다 더 초롱한 것은 없고
별자리보다 더
빛나는 자리는 없는 것 같아

나는 오직
별만 생각했을 뿐이다

별의 세계 별빛들 별자리들

얼마나 빠르게 사라져갔나
너는 또 얼마나

어떤 별은
삼천년 만에 지구로 돌아오고
다시는 돌아오지 않는 혜성도 있었다
너도 그랬다

천만년 흘러도
결코 흐르지 않는 하루가 있다

그때마다 나는
너무 생각을 해서
머리로 걸어 다녔다

풀에 대한 생각

바람에 떨리는
풀잎의 눈짓이 추파(秋波) 같다

어떤 이의 눈길이
이처럼 가을 물결 같을까

풀잎에 귀를 대본다
풀잎 끝 이슬방울 차가워
풀씨만 한 생이 꿈틀거린다

이 세상에서 최고의 일은
씨앗이 움트는 일

초개 같은 생은 되지 말아야지

공허한 한마디 말보다
폐허 속 한포기 풀이 더 물결친다는 말에
내 생각이 한풀 꺾인다

다시 풀을 들여다본다

풀은 화난 표정일 때가 없다
너는 나를
화나게 하지 않고 부끄럽게 한다

꽃보다 높은 풀 구절초가
하얗게 피어 있다

아홉번을 꺾어도 꺾이지 않는
사람이 그리운 저녁이다

어둠이 너무 어두워 없는 것 같을 때
아름다움을 지나치게 말하는 입들은
아름답지 않은 것을 감추려 한다

어딘가에 사이비는 있을 것이다

길가의 가로등이 가로로 달려 있다

게처럼 옆으로 걷게 되는 날
지지배배 우짖는 새소리가
시시비비로 들릴 때가 있다
나뭇잎 꺾어서 풀피리 불고 싶을 때다

요즈음의 내 결구(結句)는
풀섶의 여치처럼 내가
쯧쯧쯧 혀를 찬다는 것

풀 풀 풀
풀에 대해 생각할 때마다
생각 많은 사람이 된다는 것이
무서울 때가 있다

풀아 나는 지금
얼마큼 푸르냐
풀벌레야 나는 지금
네 울음에 얼마나
귀가 뚫린 것이냐

성직(聖職)

김기석 소방관이
불 끄려다 불 속에 잠겼다
물불 가리지 않고 뛰어든
사랑꾼처럼 온몸으로
불 속에 든 것이다

죽기 한달 전
친구한테 보낸 편지에
"나는 소방관을 성직이라 생각한다"고 썼다
그가 얼마나 소방관을
살신성인의 직업으로 알고 임했는지
고개가 숙어졌다는 성직자 김수환 추기경의 말에
내 고개도 절로 숙어졌다

지금 내가
고개를 들 수 없는 것은
그의 삶이 그의 메시지였다는 것을
너무 늦게 알아버린 탓이다

이름은 같은 얼굴이 없다

끝은 시작의 또다른 이름
이름이 좋은 건
같은 얼굴이 없다는 것

일생이 한 얼굴로 이름에 이르렀다

끝이 끝끝내
끝,이라고 마침표를 찍을 때
추신(追伸)을 쓰고 싶은 이름은
시작은 끝의 또다른 이름이라고
말하고 싶을 것이다

무슨 일이든 시작하게 되면
끝이 보일 때까지 갈 것만 같다

너하고는 이제 끝이야, 끝을 말하던
네 이름이 춘미(春尾)였지 아마
봄 춘(春) 끝 미(尾)
그 이름은 봄의 끝이란 뜻이고

오월의 끝을 말하기도 한다고
땅끝 사람들은 풀이하네

봄의 끝은 여름의 시작일 것인데
끝내지 않은 시작은 없을 것이네

한해살이풀의 언덕은 낮고
여러해살이풀은 언덕을 오래 가질 테니까

한 사람은 하나의 이름
이름이 곧 운명이란 격언도 있지만
그것은 로마인의 말

누구든 제 이름이 귀한 줄 아는데
하물며 하나밖에 없는 너에게서야
하물며는 위대한 접속사
끝이 있어서 시작이면 더욱

이름이 좋은 건

같은 얼굴이 없다는 것

일생이 한 얼굴로 이름에 이르렀다

그 이름에
내 일생이 기울었다

목표

구두닦이에게는 절대광이 목표이고
성악가에게는 절대음이 목표이다
소리꾼에게는 절창이 목표이고
시인에게는 절대시가 목표이다

절대광 절대음 절창 절대시

절대란 자신을 절단 내는 것

누구나의 목표는 아무나 모르고
자기만의 목표는 누구도 알지 못한다

누가 뭐래도
나는 내 주관을 쓰기 위해
목표에 기댄다
목표는 속도가 아니라 방향이니까

그러니 목표여
열심히 내 손을 잡아다오

내가 너를 붙잡고 일어서겠다

쓸데없는 쓸모

바람이 불 때마다
살아봐야겠다고 다짐하던 그가
눈앞에 없는 어제가 되었다

보이는 것들을 보면서
나는 어찌할 바를 모른다

어깨 위에 얹힌 빗방울 보다
눈물방울이 어깨를 들썩이며 흐느낀다

빗줄기가 정처 없이
낮은 데로 뛰어내린다 행자(行者)처럼

낙하(落下)란
착륙이 아니라 추락일 것인데
낙하산을 탄 것도 아닌데

그는 왜
배고픈 거미처럼 허공에다 줄을 댄 것일까

받아줄 바닥도 없는데

바닥은 낙하를 위해
태어난다는 말이 오늘은 옳았다

얼마 동안
죽음보다 슬픈 시간이 갔다

자신의 쓸모를 쓸데없이 버린 그는
내가 믿는 유일한 종교였다
나는 더 믿을 것이 없어 용서에 기댄다

내게 남은 유일한 쓸모는
내가 그의 유일한 신도라는 것이다

내가 떠나는 이유

놀라울 것도
새로울 것도 없는 일상의 반복이
동어반복처럼 권태로울 때
사는 것에 자주 목이 마를 때

자연으로 놀러 가서
물 한잔 얻어 마시고 돌아오면
온갖 지루함에 생기가 돈다

돌아올 때는
내 자리가 정말로 나의 자리인가
거듭 생각하게 된다

이 세상 만물은
책이며 그림이며 또 거울이다

바람 아래에서 구경꾼이 되고
길 위에서 나그네가 된다

그때의 자유란
또다른 몰입이며 새로운 긴장이다
그때의 나는
자연을 쓰는 서기(書記)이다

자연에 말 걸 때
시와 소통할 때처럼 덜 외롭다

그것이
내가 떠나는 진짜 이유이다

발자취

사람이 무서운 건 관계 때문이고
관계가 힘든 건 마음 때문이라는
문장을 읽었을 때

한 구절 한 구절이
한걸음 한걸음 걸어서
내게로 왔다

발자취를 생각한 건 그때부터였다

사람과 사람이 가까워지는 건
섬과 섬 사이에 다리를 놓는 것처럼
어려운 일이라서
서로가 서로에게 손을 내밀어야 한다는
문장을 이해한 건
혹하지 않으려고 애쓰던 때였다

사랑과 인식의 출발에 눈을 뜬 건
사랑은 모든 것을 이긴다는

문장을 지운 뒤였다

한 사람의 마음도 살리지 못하면서
관계의 소통과 유대에 대해
말할 수는 없었다

모든 것이 내 탓이라고 닻을 내린 건
귀가 순해진 뒤였겠지

그때 비로소
나는 사람이 궁금한 사람이었고
마침내 나는
사람이 힘든 사람이란 걸 알았다

아름다움을 포기하지 않으려고
길이보다 깊이를 생각하는 새 아침

아프지도 늙지도 말라는 연하장을 받았다
눈은 펑펑 내리는데

처음으로 나는 눈사람처럼 하얗게 울었다

주저 없이 주저앉아 눈처럼 녹으면서
괜히 열심히 살 뻔했다고 투덜대면서

생각해보니
발자취는 내 생의 물결무늬 자국!

시인

속에서 불꽃을 피우나 겉으론
한줌 연기를 날리는 굴뚝 같은

세찬 물살에도 굽히지 않고
거슬러 오르는 연어 같은

속을 텅 비우고도 꼿꼿하게
푸른 잎을 피우는 대나무 같은

폭풍이 몰아쳐도 눈바람 맞아도
홀로 푸르게 서 있는 소나무 같은

붉은 꽃을 피우고도 질 때는
모가지째 툭, 떨어지는 동백 같은

불굴의 정신으로

자신에게 스스로 유배를 내리고
황무지를 찾아가는 사람

끝 모를 간절함밖에 남은 것이 없는

유성호

'사이'의 뒤척임, 아름답고 융융한 예술적 사유

천양희 시인은 1965년 등단 이래 누구와도 닮지 않은 독창적인 시세계를 펼쳐온 우리 시단의 중진이다. 내년이면 시력(詩歷) 60년을 맞는 시인은 첫 시집 『신이 우리에게 묻는다면』(평민사 1983) 이후 끊임없이 자신의 기원으로부터 상징적 출향(出向)을 수행하면서 타자와 세계를 발견해가는 확장적 서정의 사제(司祭)로 이월해왔다. 삶의 고독과 고통을 역동적 서정의 언어로 승화시키며 쉼 없는 창조의 과정을 보여준 시인의 생애가 눈부시게 다가온다. 천양희의 시가 거느린 미학적 충격과 감동은 『마음의 수수밭』(창작과비평사 1994)이 유력한 기폭제가 되어주었다. 시인은 오로지 '시인'으로 살기 위해 스스로에게 유배를 내리고 황무지를 찾아 떠났다. 자연 속으로 찾아 들어가 외롭고 높고 쓸쓸한 하심(下心)의 과정을 거치면서 시인이 겪었을 언어와 사유의 전회(轉回)야말로 한국 시의 가장 아름다운 진화의 순간이기도 했을 것이다.

그로부터 30년의 시간이 흘렀다. 『마음의 수수밭』 이후로 천양희의 시는 오래된 삶의 심층에 존재하는 보편적 언어와 사유를 밀도 있게 응집해왔다. 모든 사물의 상호 관계가 복잡해진 세계에서 이러한 언어와 사유는 투명한 인식과 표현을 통해 출현하였고, 시인은 누군가에게 말을 건네는 화법으로 언어와 사유의 극점을 향해 나아갔다. 이때 그의 시는 자아와 세계 사이를 잇는 가장 중요하고 구체적인 창이 되어주었다. 이번 시집 『몇차례 바람 속에서도 우리는 무사하였다』는 이러한 속성을 가장 높은 경지에서 충족하는 범례에 해당할 것이다. 아닌 게 아니라 시인은 이번 시집에서 자기확인의 절실함 외에도 세계의 이치를 탐구하고 해석해가는 인지적 충동의 순간도 환하게 보여준다. 그 점에서 이번 시집은 그만의 깊은 사유와 날카로운 예기(銳氣) 그리고 역동적 서정을 함께 품고 있다고 할 수 있다. 그만큼 시인은 자신의 고유한 경험으로부터 시를 생성하면서도 세계와 소통하는 '다른 풍경'을 상상함으로써 우리로 하여금 새로운 언어와 사유에 이르게 한다.

　　높은 산은 오른다 하고

깊은 산은 든다고 하네

오른다는 말보다 든다는 말이 좋아
산에 든 지 이십년이 더 되었네

산은 오래 들어도 처음 든 것 같고
자주 든 길도 첫길 같아
산은 늘 같은 듯 다르네
—「산은 오랜 침묵 덩어리」 부분

허공을 향해
몸을 던지는 거미처럼
쓰러진 고목 위에 앉아
지저귀는 붉은가슴울새처럼
울부짖음으로 위험을
경고하는 울음원숭이처럼
바람 불 때마다 으악
소리를 내는 으악새처럼
불에 타면서 꽝꽝
소리를 내는 꽝꽝나무처럼

남은 할 말이 있기라도 한 듯
나는 평생을

천천히 서둘렀다

—「뒤척이다」 전문

산은 높이 올라야 하고 깊이 들어야 한다. ‘등산(登山)’과 ‘입산(入山)’이라는 어휘가 그러한 사정을 알려준다. 시인은 “오른다는 말보다 든다는 말”이 더 마음에 든다며 “오래 들어도 처음 든 것 같고/자주 든 길도 첫길 같”은 ‘산’의 항상적이면서도 변화무쌍한 모습을 증언한다. 또한 “평생을/천천히 서둘렀다”고 고백하는데, 이때 ‘천천히 서두름’이라는 역설은 ‘거미’ ‘붉은가슴울새’ ‘울음원숭이’ ‘으악새’ ‘꽝꽝나무’처럼 몸을 던지고 지저귀고 울부짖고 소리를 내는 존재자들의 ‘뒤척임’을 형상적으로 반영한 표현이었을 것이다. 그렇게 시인은 ‘오르다 – 들다’ 사이에서, ‘오래 – 처음’ 사이에서 할 말이 남아 있기라도 한 듯 하염없이 뒤척였으리라. 그러한 ‘사이’의 뒤척임이야말로 “지극히 지루한 곳에/심지(心地)”(「지극히 지루한」)가 있음을 발견하고 “어둠은 빛보다 어둡지 않다고 생각하는 아침”(「아침에 생각하다」)을 맞는 시인의 존재 방식을 가장 명징하게 담아낸 표현이라 하겠다.

이처럼 천양희의 시는 ‘사이’의 리듬을 지닌 채 알맞은 화음으로 출렁거린다. 그 출렁임은 격렬한 몸짓이 아닌 사물과 사물 사이를 환하게 채우는 파동으로 존재한다. 그 과정에서 시인은 이미 자기 영토를 확보한 사물에게도 새로운 이름을 부여하고, 그들끼리 소통하게 해주며, 나아가 그들이 시인의 경험에 어떻게 깃들게 되었는지를 노래한다. 이때 사물은 외따로 떨어진 개별자들이 아니라 긴밀하고 필연적인 연관성을 가진 유기적 전체를 이룬다. 시인은 자연 사물 속에 끝없는 긍정을 부여하면서, 사물 안에 숨 쉬는 다양한 호혜적 표상을 통해 자신의 예술적 사유를 펼쳐낸다. 일견 애잔하지만, 그 심부(深部)는 단연 아름답고 융융하다.

현실과 꿈의 접점에서

근본적으로 좋은 서정시는 현실과 꿈 사이에서 모티프를 얻어내고, 어느 한쪽으로 치우치지 않은 내면의 움직임을 특유의 균형 감각으로 담아낸다. 현실에 발을 담그면서도 그것을 포용하고도 남을 꿈의 언어를 따로 마련하여 현실과 꿈 사이의 접점을 노래한다. 천양희의 시는 현실 곳곳에 퍼진 폐허의 기운을 치유하고 새로운 꿈의 상상력을 추구하는 노래로 한없이 번져간다. 이때 시인은 몸소 겪은 구체적 경험을 꿈의 속성과 결속하여 자신만의 사유를 펼쳐낸다. 이러한 다양한 문양의 언어와 사유가 지성적이고 상징적인 차원을 동반하면서 펼쳐진 결실이 이번 시집인 셈이다. 그 안에서 낱낱의 시편들은 우리가 궁극적으로 깃들일 언어적 거소(居所)로서 우뚝하다.

노래 한 소절이 끝날 때까지
구름과 바람과 물결이 지나갈 때까지
삼분간
소리는 짧으나 여운은 길어

사슴 한마리가
또각또각 뛰어오는 것 같고
눈사람 하나가
하얗게 서 있는 것 같아

아, 사슴
아, 눈사람 할 때마다
사슴을 가슴으로 잘못 읽었다가
눈사람이 사람이었으면 좋겠다고 생각하다가

잠시 눈을 감은 사이

끝끝내 사슴은 가슴이 아니어서
눈사람은 끝끝내 사람이 아니어서

끝내 너는 너여서

끝 모를 간절함밖에 남은 것이 없는
삼분간

—「삼분간」 전문

　대개 3분은 "노래 한 소절이 끝날 때까지"의 시간이다. 시인의 시선에 들어온 "구름과 바람과 물결이 지나갈 때"처럼 "소리는 짧으나 여운은 길어"진 시간이기도 하다. 그 시간은 사슴 한마리와 눈사람 하나를 만나는 짧은 순간이기도 한데, 시인은 "잠시 눈을 감은 사이"에 찾아온 "끝 모를 간절함밖에 남은 것이 없는" 상태를 자신의 품으로 안아 들인다. 그것이 소리는 짧지만 침묵은 한없이 긴, "간절함 앞에 무릎을 꿇었던"(「이름 짓기」) 순간이기도 했기 때문일 것이다. 그렇게 시인은 "너는 너만큼 가파르고/나는 나만큼 아득한"(「절벽」) 순간을 거두어들이면서, 현실에서의 "잠시 눈을 감은 사이"와 꿈에서의 "끝 모를 간절함"을 동시에 표상한다. 이 또한 천양희 특유의 시적 건축술이요, 시간성에 대한 독창적 사유가 빛을 뿌리는 순간이다.

여러번 생각하고 한번 말할 때
침묵이 가장 큰 비명이라는 생각이 들 때
작은 돌이 수면에 파문을 일으킬 때
맹세를 물에 적어놓을 때
한계와 경계가 풍향계와 다를 때

몸에 안 좋은 해충이 대충일 때
편견과 선입견이 무서운 견(犬)처럼 느껴질 때
먼 길이라도 갈 때는 가야 할 때
가는 길이 다르고 꿈이 다를 때
누구나 조금씩 우울의 저금통을 가지고 있을 때
아름답기만 해서는 모자라는 게 시일 때
시 쓰다가 날 선 종이에 손을 벨 때
등받이 없는 의자에 앉아 가끔씩 울 때
삶이란 학교에서 영원한 학생일 때

그늘이 아름다운
빈자리가 필요하다

─「빈자리가 필요하다」 전문

　여기서도 시인은 아름다운 순간들의 세목을 늘려간다. 오래 "여러번 생각하고 한번 말할 때"나, "침묵이 가장 큰 비명이라는 생각이 들 때"를 택함으로써 '오램/침묵'의 가치를 승인하고, "작은 돌이 수면에 파문을 일으킬 때"나 "한계와 경계가 풍향계와 다를 때"를 감각함으로써 '작음/다름'에 대한 긍정을 동반한다. 그리고 가야 할 먼 길, 아름답지만 무언가 모자란 '시'를 사유하면서 '엶/모자람'을 언어의 본질로 수락한다. 결국 시인은 "삶이란 학교에서 영원한 학생일 때"를 소환하면서 "그늘이 아름다운/빈자리가 필요하다"는 진실에 도달하기에 이른다. 이때 '빈자리'는 충일한 상태의 반어적 역상(逆像)으로서 "가진 것이 시밖에 없을 때"(「딱 한 줄」)를 향한 시인의 열망을 담아낸다. 이 모든 것이 결국 현실에서는 왜소하지만 꿈의 세계를 찾아 나선 모험가로서는 한없이 풍요로운 시인의 실존을 암시한다. 그만큼 천양희 시인은 "나의 생은/내가 있어도 가끔은 우두커니가 된다"(「가끔은」)면서 "받아줄 바닥도 없는"(「쓸데없는 쓸모」) 세계를 끝 모를 간절함으로 받아들이는 것이다.

숭고한 아름다움에 대한 열망

발레리는 시를 두고 '숭고한 아름다움에 대한 인간의 열망이 표현된 언어예술'이라고 말한 바 있다. 천양희 시인이야말로 독창적 사유를 통해 숭고한 차원으로 도약하려는 존재론적 의지를 견지한 우리 시단의 최정점일 것이다. 이때 그의 상상력은 단순한 자연 예찬이나 추상적 인간 지향으로 흐르지 않고, 사물의 구체성과 함께 인간의 근원적 존재 원리에 대한 탐색을 수행해간다. 그러한 원리가 바로 그의 시를 단조로운 말의 난장(亂場)으로부터 스스로를 구별해가는 중요한 지남(指南)이 되어주는 것일 터이다. 천양희 시인이 찾아가는 구체성 속의 숭고함은 이번 시집에서 단연 빛을 발한다.

김기석 소방관이
불 끄려다 불 속에 잠겼다
물불 가리지 않고 뛰어든
사랑꾼처럼 온몸으로
불 속에 든 것이다

죽기 한달 전
친구한테 보낸 편지에
"나는 소방관을 성직이라 생각한다"고 썼다
그가 얼마나 소방관을
살신성인의 직업으로 알고 임했는지
고개가 숙어졌다는 성직자 김수환 추기경의 말에
내 고개도 절로 숙어졌다

지금 내가
고개를 들 수 없는 것은
그의 삶이 그의 메시지였다는 것을
너무 늦게 알아버린 탓이다

—「성직(聖職)」 전문

불을 끄려다가 "사랑꾼처럼 온몸으로/불 속에 든" 한 소
방관의 사례에서 시인은 '성직'이 무엇인지를 새삼 생각해

본다. 소방관이 보여준 살신성인의 자세에 고개가 숙어졌다
는 추기경 말씀에 고개를 숙이면서 시인은 "그의 삶이 그의
메시지"였음을 깨닫고, 그 메시지를 통해 소방관이 거룩한
직업임을 알게 되었다. 시인은 언젠가 "나는/자연을 쓰는 서
기(書記)"(「내가 떠나는 이유」)라고 했는데, 이 또한 '시인'의
거룩한 위상에 대한 자각과 자긍을 담은 노래였을 것이다.
이처럼 시인은 "몸 전체로 살고/마음 전부로 도전"(「푸른 봄
의 기록」)해야 하는 '시인'의 직능을 사랑하면서, 구체적 상
황이나 사례를 통해 숭고한 순간을 부조(浮彫)해간다. 그러
니 "시를 쓰는 것은/목숨에 대한 반성문"(「반성문」)이며 "시
보다 더 충분한 것은 없다"(「추분의 시」)고 역설하는 것 아니
겠는가.

    구두닦이에게는 절대광이 목표이고
    성악가에게는 절대음이 목표이다
    소리꾼에게는 절창이 목표이고
    시인에게는 절대시가 목표이다

    절대광 절대음 절창 절대시

    절대란 자신을 절단 내는 것

    누구나의 목표는 아무나 모르고

자기만의 목표는 누구도 알지 못한다

누가 뭐래도
나는 내 주관을 쓰기 위해
목표에 기댄다
목표는 속도가 아니라 방향이니까

그러니 목표여
열심히 내 손을 잡아다오

내가 너를 붙잡고 일어서겠다

—「목표」 전문

　'시인'으로서의 목표는 이처럼 성직에 가까운 헌신과 자존으로 연결된다. 가령 '절대광' '절대음' '절창' '절대시'는 각 분야의 정점에 대한 희구를 담은 은유적 표현인데, 시인은 그러한 목표가 사라지면 그것을 추구하던 실체도 함께 소진된다고 믿는다. 그래서 "목표는 속도가 아니라 방향"이라는 규율을 수행하는 것이다. 그렇게 목표를 붙잡고 일어서려는 시인의 의지가 "절벽 하나를 평온처럼 품는"(「절벽」) 순간을 관통하면서 "바다은 낙하를 위해/태어난다는"(「쓸데없는 쓸모」) 흔연한 역설을 수납하게 되는 것이다. 이렇게 천양희 시인은 구체적인 사물이나 장면을 통해 상징적 가치를 노래함으로써 타성적이고 습관적인 깨달음의 순간을 훌쩍 넘어선다. 또한 자신이 걸어온 궤적 가운데 특별히 시인으로서의 자의식을 또렷하게 형상화함으로써 숭고한 아름다움에 대한 열망을 지속적으로 파생해간다. 그러한 과정을 통해 그는 우리가 잃어버린 시원(始原)의 세계를 탐색하는 모습을 보여준다. 천양희만의 시적 윤리요, 절창이나 절대시를 향한 언어예술의 한 극점이 아닐 수 없다.

시인으로서의 존재론에 대한 메타적 성찰

궁극적으로 시인은 '시' 혹은 '시인'에 대한 존재론적 해석과 의지를 아름답게 보여준다. 심미적 함축 속에 오랜 기억을 쏟아놓을 수밖에 없는 '시'라는 언어예술에 대해 사유하는 순간, 천양희는 가장 고유한 모습으로 새롭게 탄생한다. 또한 충일한 언어적 자의식으로 시인으로서의 존재론을 하나하나 구현해간다. 구체적인 사물에서 시인으로서의 가능성을 발견하려는 한걸음 한걸음이 말하자면 그의 시적 이력이 되는 셈이다. 이처럼 그는 각별한 존재 전환 과정을 통해 지상의 자모음으로는 도저히 가닿을 수 없는 새로운 존재론적 경험에 이른다. 서정시의 목표가 시인 자신의 절실한 자기확인에 있는 것처럼, 천양희는 '시인'이라는 존재를 독자적인 언어적 의장(意匠)으로 암시하는 것이다.

속에서 불꽃을 피우나 겉으론
한줌 연기를 날리는 굴뚝 같은

세찬 물살에도 굽히지 않고
거슬러 오르는 연어 같은

속을 텅 비우고도 꼿꼿하게
푸른 잎을 피우는 대나무 같은

폭풍이 몰아쳐도 눈바람 맞아도
홀로 푸르게 서 있는 소나무 같은

붉은 꽃을 피우고도 질 때는
모가지째 툭, 떨어지는 동백 같은

불굴의 정신으로

자신에게 스스로 유배를 내리고
황무지를 찾아가는 사람

—「시인」 전문

시인의 존재론을 이같이 선명하고 아름답게 그려낸 시편

이 또 있을까? 속에서는 불꽃을 피우지만 겉으로는 "한줌 연기를 날리는 굴뚝 같은" 존재, 연어처럼 "세찬 물살에도 굽히지 않고/거슬러 오르는" 존재, 대나무처럼 "속을 텅 비우고도 꼿꼿하게" 서 있는 존재가 말하자면 '시인'이다. 소나무처럼 온갖 난경(難境)에도 오롯하고, 동백처럼 붉은 꽃을 피우고 순간 떨어지는 존재, 그리하여 "불굴의 정신으로//자신에게 스스로 유배를 내리고/황무지를 찾아가는 사람"이 곧 '시인'이 아니겠는가. 또한 시인은 "이 세상에서 최고의 일은/씨앗이 움트는 일"(「풀에 대한 생각」)이듯이 "가끔이라도/사람 마음에 다녀가는 너는/시인"(「한 소식」)이라고 노래한다. 모든 존재자에게서 씨앗을 발견하고 "사람 마음에 다녀가는" 생성적 존재가 '시인'일 것이기 때문이다. "끝없는 질문이 시의 시작"(「시인 지망생에게」)임을 알아가는 시인이 지상에 남긴 "정신의 지문(指紋)"(「낱말이 나를 깨운다」)을 향해 외경과 감동을 느끼는 것은 이제 우리의 몫이다.

천양희 시인은 우리 시단에서 '시인'으로서의 이러한 자의식을 누구보다도 정결하고 단호하게 지켜왔다. "다시는 아무 곳에나 내 이름을 내려놓지 않으리라"(「뒷날의 기록」)던 의지로 그의 시는 오랜 슬픔, 외로움, 고통 등을 마음의 밑바닥에서 삭인 끝에 마침내 득음의 세계를 얻어냈다. 이번 시집에서 그는 '시인'으로서의 고충과 자긍을 수없이 풀어놓았는데 이러한 메타적 발화를 통해 자신이 시쓰기 과정을 고백하고 다짐하는 성찰의 시인임을 다시 한번 증명한 것이다.

천양희의 시를 읽는 기쁨

서정시의 감동이 완강한 지속성으로 우리의 삶을 규율하는 것은 아니지만, 삶의 무의미함에 정서적, 인지적 충격을 순간적으로 부여함으로써 우리를 반성적 언어와 사유로 이끌어가곤 한다. 다시 말해 우리는 좋은 서정시를 읽음으로써 미처 깨닫지 못했던 삶의 의미와 가치를 알게 되고, 새로운 차원의 언어와 사유를 시작할 수 있게 된다. 서정시의 존재 의의가 삶에 대한 질문과 신뢰에 있다면, 천양희의 시는 삶에 대한 성찰과 긍정에 이르는 과정을 선명하게 보여주는 사례로서 하염없이 출렁인다. 그의 시를 읽는 우리는 그 안에 자신의 경험과 기억을 이입하여 행간에 숨은 것을 재구성하게 되는데, 그 점에서 천양희의 시는 세계 내적 존재로서 필연적으로 견지하게 마련인 삶의 중요한 마디를 선사하는 미덕을 지닌 완결된 세계로서 찾아온다. 자신의 삶과 힘겹게 싸우면서도 가장 아름다운 근원적 질서를 사유하는 시인의 어법이 더욱 아름답게 다가온다.

천양희의 시는 삶의 무수한 상처에 대한 기억을 순간적 잔상으로 점화함으로써 그 안에 고통과 언어가 맺는 연관성을 보여주는 첨예한 자기 치유의 양식이다. 그 치유의 과정을 아름답게 보여준 이번 시집에 우리도 자연스럽게 동참하게 된다. 또한 그의 시에 담긴 경험적 실감의 무게는 특유

의 개성과 인간 보편의 진정성을 담아내고 있다. 그가 삶의
활력을 노래할 때에도 그 안에는 매우 미세한 정서와 경험
이 숨 쉬고 있고, 가없는 슬픔을 담아낼 때에도 그 안에는 구
체적인 삶의 상처나 고통을 넘어서는 넉넉한 사랑의 마음이
응축되어 있는 것이다. '천양희'라는 거장(巨匠)의 "끝 모를
간절함밖에 남은 것이 없는" 미학적 성취야말로 한국 시의
찬연한 축복이요, 우리가 그의 시를 읽는 커다란 기쁨의 원
천일 것이다.

柳成浩 | 문학평론가

머리에서 가슴까지
걸어온 60년 시의 길이
나에게는 가장 먼 길이었다
그 먼 길을
한걸음 한걸음 걸어서
여기까지 왔다
돌아보니 그동안 나는
사람이 그리운 사람이었고
질문이 많은 사람이었다
마음자리를 잃고
밥처럼 먹은 슬픔을
오늘 밤
나는 쓸 수 있을 것 같다
단 한편이라도
누군가의 마음을 살릴 수 있다면
이것이 시인의 말이 될 것이다

2024년 10월
천양희

창비시선 510

몇차례 바람 속에서도 우리는 무사하였다

초판 1쇄 발행 / 2024년 9월 27일
초판 2쇄 발행 / 2024년 11월 2일

지은이 / 천양희
펴낸이 / 염종선
책임편집 / 이주원 박문수
조판 / 박지현
펴낸곳 / (주)창비
등록 / 1986년 8월 5일 제85호
주소 / 10881 경기도 파주시 회동길 184
전화 / 031-955-3333
팩시밀리 / 영업 031-955-3399 편집 031-955-3400
홈페이지 / www.changbi.com
전자우편 / lit@changbi.com

ⓒ 천양희 2024
ISBN 978-89-364-2510-4 03810